La Punition de l'Alpha

Renee Rose

Traduction par
Agathe M

Réalisé avec Vellum

Livre gratuit de Renee Rose

https://BookHip.com/QQAPBW

Chapitre Un

Cela avait commencé par un petit mensonge. Un mensonge de rien du tout.

Son loup alpha, Ben, lui avait coincé les poignets au-dessus de la tête tout en la pénétrant sauvagement, et il avait dit quelque chose qui ressemblait à :

— Ton corps m'appartient, hein ?

— Oui Monsieur, avait-elle gémi tandis que ses yeux roulaient dans leurs orbites, ravie qu'elle était d'être prise sans ménagements.

— Aujourd'hui, je vais jouir en toi, Ash.

— Oui Monsieur.

Cela n'avait aucune conséquence. Elle prenait la pilule, ce qu'il savait, mais Ben Stone était un dominateur invétéré, et il savait qu'elle aimait bien avoir l'impression de ne pas avoir le choix. Elle avait joui dans un cri, cambrée et tremblante sous son corps, et dès qu'il avait atteint l'extase à son tour, il s'était allongé à côté d'elle et lui avait caressé la hanche.

— Je pense qu'on devrait avoir des louveteaux, avait-il déclaré, son souffle chaud contre l'oreille d'Ashley. Pas toi ?

— Si, avait-elle soufflé.

Elle aurait dit oui à n'importe quoi, dans un moment pareil. Les promesses post-coïtales devraient compter pour du beurre. Et elle n'avait pas réalisé qu'il voulait dire bientôt, sous-entendant *on s'y met tout de suite*. Ils n'étaient même pas encore mariés. Non que les contrats humains aient une grande importance aux yeux de Ben. Pour le métamorphe, depuis qu'il l'avait marquée, elle était à lui. Pour toujours.

Cette discussion sur les bébés remontait à cinq mois.

— Je ne sais pas comment lui en parler, confia-t-elle à sa sœur jumelle, Mélissa, au téléphone dans son bureau.

Elle parlait à voix basse, car même si deux murs séparaient son bureau vitré de celui de Ben, avec les sens surhumains qu'il avait, elle ne savait pas ce qu'il était capable d'entendre.

— Dis-lui, tout simplement ! Ça devient ridicule, Ash. S'il est persuadé que vous êtes en plein essai bébé alors que tu continues de prendre la pilule, c'est malhonnête. C'est ça que tu veux pour ton couple ?

— Non, répondit-elle, posant le menton sur sa main. Mais il va être furieux.

— Furieux que tu ne sois pas prête à avoir des enfants ?

— Non... enfin, je ne sais pas. Il sera sans doute déçu. Quant au fait que je prenne la pilule en secret, ça, ça le mettra en colère.

Rien que d'y penser, elle avait l'estomac noué. Sa situation semblait inextricable.

Si elle parlait à Ben, elle risquait de le décevoir, ou pire, de le fâcher. Et il déciderait sûrement que ses cachotteries méritaient d'être punies. Mais elle n'était pas prête à avoir d'enfants. Elle n'avait que vingt-cinq ans, et Ben, le PDG multimillionnaire de Stone Technologies, venait de l'embaucher comme assistante, ce qui s'accompagnait d'un jeu de pouvoir excitant. Alors arrêter la pilule était inenvisageable. Cela faisait cinq mois qu'elle retournait la situation dans tous les sens sans parvenir à une solution.

— Ashley, dit Mélissa d'un ton faussement sévère. Tu te comportes comme une lâche.

Elle se ratatina dans son fauteuil.

— Je sais.

— Va le lui dire tout de suite.

Ses entrailles se retournèrent.

— Je ne peux pas.

— Et que ça saute, Ashley ! Je suis sérieuse. C'est vraiment idiot.

Elle soupira.

— Bon, d'accord. Tu as raison.

Elle se mit debout.

— J'y vais.

— Tout ira bien.

— Ça m'étonnerait.

— Mais si. Rappelle-moi pour me raconter.

— D'accord-salut, dit Ashley dans un souffle.

Elle raccrocha et se dirigea vers la porte avant de se dégonfler.

Le dernier étage de l'immeuble était une vraie ruche, plein de cadres en réunion ou au téléphone. Quand Ashley était venue passer un entretien ici, le silence était total, et seul Ben et sa secrétaire, Karen, occupaient cet espace. Solitaire et en deuil après la mort de son frère, il avait chassé tout le monde aux étages inférieurs.

Ashley passa devant le bureau de Karen.

— Il est occupé ? lui demanda-t-elle.

— Il est seul.

Elle frappa à la porte et l'ouvrit aussitôt.

— Mlle Bell, dit-il avec froideur, du ton de patron sévère qui faisait mouiller Ashley.

Ses yeux verts, qui devenaient jaunes lorsqu'il se transformait en loup, la détaillaient de manière critique.

Elle entra et ferma la porte derrière elle.

— M. Stone.

Il s'enfonça dans son fauteuil, repoussant son ordinateur portable sur son bureau. Ses cheveux bruns lui tombaient sur le front, et il avait tout de l'homme d'affaires latino-américain, en termes d'attitude comme de stature.

— Vous êtes en retard, lui dit-il.

— Ah bon ?

— Oui. Je bande depuis une heure. Fermez à clé.

Elle sentit son ventre frémir. Elle se retourna et ferma le verrou de la poignée.

— Je, euh, je voulais te parler de quelque chose.

Il secoua vivement la tête, et elle se tut.

— Pas maintenant, dit-il avant de pointer le sol à ses pieds. Venez là.

Les tétons d'Ashley pointèrent, tant elle était impatiente de découvrir quel jeu il avait en tête. Mais elle avait vraiment besoin de lui parler avant de perdre tout courage.

— Ben ?

Il haussa les sourcils comme pour lui demander comment elle osait lui tenir tête.

Elle se lécha les lèvres et se dirigea vers l'endroit qu'il avait indiqué.

— À quatre pattes, ordonna-t-il. Dos à moi.

Bon... elle pourrait peut-être lui dire plus tard. Elle se mit en position, sa jupe de tailleur moulante et son chemisier rendant sa pose encore plus dégradante.

Ben souleva le bas de sa jupe, jusqu'à sa taille.

Elle frémit.

Il baissa la culotte d'Ashley jusqu'à mi-cuisses.

— Qu'est-ce que vous faites ? demanda-t-elle.

— Silence.

Il lui infligea une claque sonore derrière la jambe droite. Il savait qu'elle détestait qu'il fasse autant de bruit, car l'idée que Karen ou qui que ce soit d'autre entende leurs exploits était humiliante. Tous les employés s'imaginaient déjà qu'elle avait couché pour réussir, et elle devrait se battre contre ces préjugés pendant des années.

— Ne dites pas un mot, sauf si je vous adresse la parole.

Elle sentit son sexe se contracter. Elle allait répondre *Oui Monsieur*, mais se ravisa. Elle se demanda ce qui se passerait si quelqu'un entrait dans le bureau, avant de se souvenir qu'elle avait verrouillé la porte. Et si elle n'avait pas tourné le loquet complètement ? Et si en trouvant porte close, un visiteur comprenait aussitôt ce qui se passait à l'intérieur ? Mais après tout, les rumeurs allaient déjà bon train. C'était aussi pour cela qu'elle ne voulait pas fonder de famille tout de suite. Elle voulait d'abord faire ses preuves au sein de l'entreprise, démontrer qu'elle était plus que la conquête de Ben, qu'elle avait un cerveau et qu'elle savait prendre les bonnes décisions.

Mais elle oublia complètement son travail lorsque quelque chose de dur, arrondi et semblable à du plastique se pressa contre son entrée trempée. Elle sursauta de surprise, puis se figea, haletant pendant que Ben écartait ses petites lèvres avec l'accessoire. Il l'enfonça en elle, l'étira, puis le retira.

Elle poussa une petite exclamation déçue.

Il répéta son va-et-vient.

Elle tordit le cou pour regarder par-dessus son épaule, ce qui lui valut une autre tape cinglante.

— Baisse les yeux.

— Oui Mons...

Mince. Elle avait encore oublié de se taire.

Ben émit un son désapprobateur.

— La désobéissance sera toujours punie, Mlle Bell. Vous le savez.

Elle gémit, et il passa une main chaude sur son derrière.

— Ce soir, je vous donnerai une fessée cul nu pour vous apprendre à me respecter, déclara-t-il.

Elle fut soulagée qu'il n'ait pas l'intention de la punir immédiatement, là où les autres risquaient de les entendre. Il fit glisser le bout arrondi de l'accessoire contre sa fente, avant de la pénétrer avec. Le jouet disparut, assez petit pour tenir dans son fourreau avide.

Elle entendit un interrupteur, puis elle se mit à vibrer de l'intérieur.

Elle fut prise de secousses, ses jambes ne la soutenaient plus, et elle commença à s'asseoir sur ses talons.

Ben rattrapa ses fesses avant qu'elles atteignent leur destination, la remettant en position et lui arrachant une petite plainte.

— Oh, la vache, gémit-elle, oubliant encore de se taire.

— Vilaine.

— Je sais. Je suis désolée.

Il rit.

— Oh, vous allez être désolée, oui.

Elle se mit à passer d'un genou sur l'autre, agitant les fesses dans un geste de plus en plus désespéré. Le vibromasseur était trop puissant : les sensations la submergeaient et lui faisaient perdre toute maîtrise d'elle-même. Elle risquait de jouir d'un instant à l'autre.

— S'il vous plaît, Monsieur, gémit-elle.

— Posez la tête et la poitrine sur le sol, ordonna-t-il.

Elle hésita, car cette position était tellement dégradante qu'elle se sentait tenue de protester.

— Un...

Elle prit position avant qu'il arrive à deux.

* * *

Ben admira sa superbe compagne dans la position humiliante qu'elle avait prise. Sa tête était tournée sur le côté, lui dévoilant ses grands yeux bleus déjà brillants. Il adorait la voir lâcher prise. Sa soumission l'enivrait et l'emplissait d'une sensation de pouvoir viril.

— Écartez les fesses, ordonna-t-il d'une voix rendue rauque par son désir grandissant.

— Ben... haleta-t-elle.

— Maintenant, *mi amor*. Et je veux vous voir, pas vous entendre.

— Oh, mon Dieu, gémit-elle, manifestement incapable d'obéir.

Avec un sourire en coin, il la regarda tendre les mains en arrière pour écarter ses fesses et révéler son petit bouton de rose.

Il ouvrit un tube de lubrifiant et le fit couler d'en haut, ravi de la voir sursauter face à cette sensation.

— Je t'aime.

Ce n'était pas le moment de lui dire ça, mais il le fit quand même. Il idolâtrait Ashley Bell. Tout chez elle le rendait fou. Chaque journée passée ensemble ne faisait qu'intensifier son désir pour elle, et il ne se lassait pas de leurs ébats. C'était plus profond que le sexe, cependant. Enfin, peut-être pas, car entre eux, le sexe était profond.

Mais Ashley était tout à ses yeux. Elle avait de l'esprit, de l'intelligence et une générosité de cœur qu'il ne serait jamais capable d'imiter. Elle lui avait redonné vie après la mort de son frère. Ou donné vie tout court.

Dès qu'il lui révélait un aspect terrible de son passé, elle le digérait, l'acceptait, et apaisait Ben, l'aimait.

Il se pencha en avant sur son fauteuil et toucha son entrée serrée avec le pouce, faisant le tour de l'anneau de muscles. Il appuya de plus en plus fort. Dès qu'elle le laissa entrer, il se retira et remplaça son pouce par le bout d'un deuxième vibromasseur, contrôlable à distance.

Elle poussa une plainte lorsqu'il insista pour la pénétrer.

— Non, gémit-elle. C'est trop, c'est trop, c'est trop.

— Chut. C'est moi qui décide quand c'est trop. Vous en êtes capable. Soyez bien sage et ouvrez... on y est presque...

Comme toujours, elle lui obéit, et sa confiance lui donnait l'impression d'être grand comme une montagne. Il inséra profondément le vibromasseur, ne laissant dépasser que la corde. Il ramassa la télécommande et l'alluma.

Avec un son incohérent, elle s'écroula par terre, les genoux écartés.

Il glissa la main sous son corps et fit le tour de son clitoris avec le majeur.

— Interdiction de jouir.

— Oh, Seigneur, pitié ?

Elle semblait au bord des larmes, mais il savait que c'étaient des pleurs d'extase, les pleurs qu'il adorait lui arracher en lui donnant plusieurs orgasmes ou en lui refusant la jouissance.

— S'il vous plaît, il faut me laisser jouir, Monsieur. Oh, pitié, je ferai tout ce que vous voulez.

— Debout.

Elle fit onduler ses hanches contre le sol, comme si elle espérait frotter son clitoris quelque part.

Il donna plusieurs claques à son sexe, ravi de voir qu'elle était trempée.

— Debout, répéta-t-il d'une voix désapprobatrice.

Elle se dépêcha de se lever, les cheveux en bataille, les joues d'une jolie teinte de rose.

Il lui releva sa culotte, savourant l'expression horrifiée d'Ashley à l'idée d'être congédiée sans orgasme.

— Non... murmura-t-elle.

Il remit sa jupe en place et la lissa pour elle. Il la prit par la taille, la fit tourner et l'assit sur ses genoux. Il passa les mains sur le haut de ses cuisses, puis entre ses jambes pour saisir son pubis.

Elle se tortilla contre lui, tentant de jouir.

Il donna une claque sur sa culotte.

— Vilaine.

— Oh, Ben, geignit-elle.

Il lui pinça les tétons, les deux en même temps. Fort.

— Je veux que vous retourniez dans votre bureau et que vous travailliez à vos dossiers, Mlle Bell.

Il éteignit le vibromasseur qui se trouvait dans son vagin.

— Je les allumerai de temps à autre, aujourd'hui, mais je vous interdis de jouir. C'est bien compris ?

— N... non, gémit-elle.

Il lui pinça les tétons plus fort, la poussant à se débattre.

— J'ai mal entendu.

— Oui Monsieur, haleta-t-elle. Oui, je comprends, mais...

— Pas de mais. Je veux que vous passiez la journée à deux doigts de l'orgasme. Quand on sera rentrés et que je vous prendrai sans capote, vous jouirez si fort qu'on vous entendra jusqu'en Afrique. Et à ce moment-là, votre petite chatte absorbera chaque goutte de mon sperme pour fertiliser l'ovule qui devrait être libéré d'un jour à l'autre.

Elle rougit, comme elle le faisait souvent quand il parlait de la mettre enceinte. Il aimait l'imaginer le ventre rond, fondant la famille qu'il avait ignoré vouloir avant de la rencontrer.

Il éteignit le vibromasseur anal.

— Vous pouvez disposer, dit-il en lui adressant un sourire diabolique.

Les yeux embués, sans doute à cause de son envie irrépressible de jouir, elle remit de l'ordre dans ses cheveux et prit une grande inspiration.

— Vous allez m'achever, murmura-t-elle en quittant le bureau.

* * *

Oh, Seigneur. Qu'allait-elle pouvoir faire ? Son plan ne s'était pas du tout déroulé comme prévu.

Elle n'arrivait pas à réfléchir, tant son sexe portait l'écho des vibrations de l'accessoire qu'il avait inséré en elle. Elle tenta de prendre un air professionnel, calme et imperturbable pendant qu'elle regagnait son bureau, les jambes flageolantes.

Maudit soit Ben Stone et sa capacité à la mettre dans tous ses états.

Maudits soient sa beauté ténébreuse, ses ordres et... des larmes lui montèrent de nouveau aux yeux. Maudite soit son envie de fonder une famille tout de suite.

Elle ouvrit les stores de son bureau et regarda la

silhouette des immeubles de Denver, les montagnes Rocheuses qui s'élevaient majestueusement à l'ouest. Elle devrait peut-être lui donner ce qu'il souhaitait, tout simplement.

Mais, et si elle finissait par en vouloir à Ben et à l'enfant ? Et si elle était mauvaise mère et mauvaise femme au foyer ? Elle ne pensait pas être capable de rester coincée à la maison toute la journée, seule avec plusieurs enfants, même si elle les aimait très fort. Elle s'était toujours imaginé enfanter plus tard, à la trentaine, après avoir bâti sa carrière. Et elle ne s'était jamais vue en mère au foyer. Bien sûr, Ben et elle n'avaient jamais vraiment parlé de ce qu'elle ferait après la naissance, mais sa belle-sœur était mère au foyer, ce qui laissait entendre que c'était la tradition, chez les loups. Leur clan avait l'air patriarcal et vieux jeu.

Elle se laissa tomber sur son fauteuil, espérant ne pas mouiller sa jupe avec les fluides de son désir. Dire qu'elle se sentait honteuse était un euphémisme. Elle s'était mise dans une position délicate, et plus elle attendrait, pire ce serait.

Elle ne pouvait pas parler à Ben tout de suite. Ce serait impossible.

Elle bondit sur ses pieds lorsque le vibromasseur qui se trouvait dans son rectum reprit vie. Oh, Seigneur. Comment allait-elle survivre à cette journée ? Elle jeta un coup d'œil à l'horloge tout en se rasseyant sur son derrière bourdonnant. Dix heures seulement. Elle succomberait avant que sa journée de travail se conclue.

* * *

Il alluma d'abord un vibromasseur, puis l'autre, et

alterna pendant une bonne trentaine de minutes avant l'heure du déjeuner. Quand il se rendit dans le bureau d'Ashley pour l'emmener manger, il réalisa qu'elle ne tiendrait pas toute la journée.

Elle semblait fiévreuse, avait des yeux fous aux pupilles dilatées, les lèvres fermement pincées. Ses épais cheveux auburn étaient ébouriffés, comme si elle y avait passé les mains.

Il l'emmènerait à la maison, la baiserait et lui donnerait son après-midi.

— Viens, *mi amor*. Prends ton sac, je t'emmène déjeuner.

Elle semblait déroutée, comme si le simple fait de ramasser son sac était trop difficile à comprendre.

Il le récupéra pour elle et l'aida à se mettre debout.

— Allez, ma chérie. J'en ai presque fini avec toi, lui murmura-t-il à l'oreille.

Elle se blottit contre lui, visiblement soulagée.

Il glissa un bras autour de sa taille pour la soutenir et la mena à l'extérieur.

— Ashley ne se sent pas bien, je la raccompagne. Je ne sais pas trop à quelle heure je reviendrai, dit-il à Karen.

— Merci, Monsieur, répondit la secrétaire.

Dans l'ascenseur, il alluma les deux vibromasseurs en même temps et regarda Ashley prendre un air tourmenté. Il la plaqua contre la paroi et glissa une jambe entre ses cuisses. Gémissante, elle se frotta à lui. Il saisit et pétrit ses fesses, savourant la sensation de ces globes musclés.

— Je pense que tu aurais fini par appeler les pompiers, si je t'avais laissée comme ça jusqu'à la fin de la journée, susurra-t-il.

Elle le mordit dans le cou, ce qui réveilla ses sens de loup. Ses canines s'allongèrent et sa vision se focalisa tandis que ses iris devenaient jaunes. L'ascenseur sonna, et ils se séparèrent brusquement alors que plusieurs personnes montaient. Il éteignit les vibromasseurs.

— Bonjour, M. Stone, dit un homme qu'il reconnaissait, mais dont il avait oublié le nom et le poste.

Il lui adressa un signe de tête muet.

— Bonjour, Charlie, comment ça se passe, au service recherche et développement ? lança Ashley, jouant son rôle d'assistante à la perfection.

Elle poussait Ben à resserrer les liens avec ses employés, et sans qu'il sache comment, elle semblait connaître tout le monde.

Charlie s'illumina, content d'être reconnu.

— Très bien, dit-il en se tournant vers Ben. Nous avons terminé le prototype pour la Superstation. Vous voulez l'essayer ?

Il ne répondit pas. Avant, il tenait tout le monde à l'écart et refusait de communiquer à moins d'y être obligé. Désormais, il savait que pour insuffler de la motivation à ses équipes, il devait changer, mais il ne savait pas comment doser ses efforts. S'il en faisait trop, il se retrouverait sollicité de toutes parts.

— L'emploi du temps de M. Stone est complet cette semaine, mais si vous m'envoyez un mail, je vous trouverai trente minutes la semaine prochaine pour que vous lui fassiez une démonstration complète.

Charlie semblait quelque peu troublé, comme s'il ignorait s'il venait de se faire rabrouer ou non, mais il hocha la tête.

— Vous avez mon adresse mail, n'est-ce pas ?

— Euh... ashleybell@stonetech.com ?

Ashley lui envoya l'un de ses sourires radieux, et un grondement s'éleva dans la gorge de Ben.

— C'est bien ça, répondit-elle d'un ton joyeux alors que l'ascenseur faisait un nouvel arrêt.

— D'accord, merci, dit Charlie, reculant en les dévisageant tour à tour, comme hébété.

Les portes se refermèrent, et Ben pressa la main d'Ashley dans la sienne.

— Tu as grogné.

— Non, nia-t-il.

Il avait *presque* grogné.

— Je t'ai entendu, mon loup. Qu'est-ce qui t'a pris ?

— Les loups marquent leur territoire quand un autre mâle reluque ce qui leur appartient.

Il regarda l'effet qu'avait eu sa déclaration politiquement incorrecte sur les tétons d'Ashley, bien qu'elle tente de prendre l'air indigné.

— Et je suis à moitié loup, là, admit-il d'une voix rocailleuse.

Cela la fit sourire, et elle se blottit contre lui, les yeux brillants de désir.

L'ascenseur s'arrêta à leur étage du parking, et il la souleva dans ses bras pour sortir.

Elle poussa un cri aigu.

— Arrête ! Quelqu'un risque de nous voir.

— Je m'en fiche, dit-il, déjà plongé dans ce qu'elle appelait son comportement d'homme des cavernes.

Elle était à lui. Le moment était venu de la traîner dans sa grotte pour profiter d'elle. Il alluma le vibromasseur de son sexe, riant lorsqu'elle sursauta et croisa les jambes pour frotter ses cuisses l'une contre l'autre.

Il ouvrit la portière passager de sa Mustang noire et l'assit sur le siège, allumant le vibromasseur anal juste avant de boucler sa ceinture.

Elle se cambra et plaqua les mains entre ses jambes, ondulant contre ses doigts.

— Non, non, dit-il en plaçant les mains d'Ashley sur la console. Je ne t'ai pas autorisée à te toucher. Je suis maître de ton plaisir, tu te souviens ?

Elle gémit, fermant les yeux et renversant la tête en arrière.

Hilare, il ferma la portière. Une fois assis derrière le volant, il éteignit le vibromasseur de son sexe.

— S'il te plaît, gémit-elle. Ben, je n'en peux plus.

Des larmes de frustration sexuelle émergèrent au coin de ses yeux.

Comme toujours, l'odeur des larmes de sa compagne le calma, bien que rationnellement, il sache qu'elles étaient le signe d'un plaisir imminent, pas de chagrin. Pourtant, tous ses instincts lui hurlaient d'arranger les choses, et il éteignit également le vibromasseur anal.

Le gémissement d'Ashley était déçu, cette fois.

— Je sais, *mi amor*. Je vais te satisfaire dès que je t'aurai ramenée à la maison.

Elle tourna la tête et le regarda en clignant des yeux, comme à travers un brouillard.

— Je t'aime, Ben Stone.

Quelque chose d'encore plus puissant que le désir le secoua, gonflant sa poitrine de chaleur.

— Je t'aime aussi, *mi reina*.

Quand il se rangea dans l'allée de la maison qu'ils louaient en attendant de faire construire la demeure de leurs rêves, Ashley ouvrit sa portière et se rua vers la porte. Il rit et sortit à son tour pour la prendre en chasse. Quand il la rattrapa, elle maniait maladroitement son trousseau de clés. Il le lui arracha des mains et parvint à ouvrir la porte tout en portant et traînant Ashley à l'intérieur et en lui ôtant ses vêtements.

Il alluma un vibromasseur, puis l'autre. Il l'avait débarrassée de sa jupe sexy et de sa veste, et avait à moitié déboutonné son chemisier quand il la fit entrer à reculons dans la chambre. Chemisier enlevé. Soutien-gorge dégrafé. Il la souleva et la jeta sur le lit avant de lui bondir dessus. Culotte baissée.

Il ôta le vibromasseur de son vagin trempé sans prendre la peine de l'éteindre.

Elle lui déboutonna son pantalon, libérant son érection tandis qu'il s'emparait de sa bouche. Il avait envie de la dévorer, de la manger toute crue. Ses dents s'étaient allongées, sa vision s'était faite plus précise, ce qui signifiait que ses yeux étaient passés du vert à l'or. Il glissa la langue dans la bouche d'Ashley, ravalant le grognement dominateur qui lui montait dans la gorge.

Non qu'Ashley proteste quand il la prenait sauvagement.

* * *

Ashley avait l'impression qu'elle mourrait si elle ne jouissait pas. La vibration entre ses fesses la rendait toute flageolante, et son corps frémissait pour Ben.

— S'il te plaît, murmura-t-elle quand il interrompit leur baiser.

Le poing serré sur sa chemise, elle le tira vers elle, tentant de prendre les rênes bien qu'il soit sur elle.

Heureusement, Ben la laissa faire. Il la pénétra d'un coup de reins, plongé jusqu'à la garde avant de s'immobiliser. Elle se trémoussa sous son corps et passa les jambes autour de sa taille pour l'accueillir plus profondément, soulevant les hanches pour qu'il bouge en elle.

Ben plaça une main sur sa nuque et la maintint pendant qu'il se retirait et s'enfonçait à nouveau, sans ménagements.

Elle lâcha un gémissement langoureux.

— J'ai envie de toi... s'il te plaît, je te veux.

La bouche de Ben s'étira dans un sourire de loup, ses dents luisant dangereusement. Il recula et s'enfonça d'un coup, les yeux dorés, l'expression avide. Il saisit son pantalon, toujours sur ses jambes, et elle crut qu'il allait l'enlever pour de bon, mais au lieu de cela, il en sortit une petite télécommande.

Aussitôt, la vitesse des vibrations entre ses fesses s'accéléra. Elle poussa un cri, colla son pelvis au sien, tentant désespérément de se soulager. Par bonheur, Ben se mit à aller et venir en elle avec une force surhumaine.

— Oh, Seigneur, oui. Pitié...

— J'adore que tu me supplies, murmura-t-il d'une voix grave.

Il s'enfonça encore et encore, la prenant avec la violence qu'elle désirait, chaque coup de reins trop puissant, trop fort, chaque recul trop prématuré.

Elle avait l'impression que tout son corps s'ouvrait à lui, que son cœur explosait, qu'elle lui appartenait pleinement. Elle avait arrêté de se tortiller ou d'essayer de prendre le dessus, car contrer Ben donnerait des résultats douloureux. Elle se donna pleinement à lui, comme sa poupée de chiffon, sa compagne marquée, ouverte à sa semence.

— Jouis pour moi, Ashley, dit-il d'une voix gutturale.

Il la pénétra brutalement tout en tirant sur la corde du vibromasseur anal, l'extirpant du petit anneau de muscles et le laissant à moitié sorti, étirant Ashley de sa circonférence bourdonnante. Elle perdit pied, et ses muscles internes se contractèrent dans d'incessantes vagues de plaisir. Cela sembla durer éternellement, à la fois son orgasme et celui de Ben.

Elle aurait juré pouvoir sentir la chaleur de son sperme en elle et la joie de son corps qui le recueillait, absorbait profondément chaque goutte. Quand enfin, ses muscles cessèrent de frémir, Ben ôta doucement le vibromasseur, mais laissa son membre énorme en elle.

C'était sans aucun doute une excellente technique pour faire un bébé. Cela avait été une expérience quasi mystique, et l'euphorie qui la traversait fut seulement interrompue par une pensée : elle avait merdé sur toute la ligne.

À cause de sa supercherie, aucun louveteau ne serait conçu ce jour-là.

La pilule y veillerait, et son futur mari ne se doutait même pas qu'elle sabotait ses efforts.

Elle tourna la tête sur le côté quand ses larmes se mirent à couler.

Ben les sécha d'un baiser, et la tendresse de sa réaction ne fit qu'aggraver la tristesse d'Ashley. Il croyait qu'elle était émue à cause de cet orgasme incroyable, pas à cause de la culpabilité qui lui rongeait la poitrine. Il se retira et se coucha derrière elle, la prenant dans ses bras et embrassant sa tête et ses cheveux, lui mordillant l'oreille.

— *Te quiero... te amo.*

D'autres larmes.

— Je t'aime aussi, Ben.

Il l'enlaça jusqu'à ce qu'elle arrête de trembler et que leur température redevienne normale.

— Je vais aux toilettes, et puis je nous prépare quelque chose à manger, murmura-t-elle en se soustrayant à son étreinte.

Une fois dans la salle de bains, elle ouvrit la trousse de toilette où elle cachait sa pilule et regarda la plaquette avec dégoût. Si seulement elle pouvait détruire les comprimés qu'elle avait déjà pris ce mois-ci. Elle se demanda ce qui se passerait si elle arrêtait dès aujourd'hui. Aurait-elle une chance de tomber enceinte ? Et si oui, le bébé serait-il en bonne santé, ou risquerait-il quelque chose ?

Le bruit de la porte qui s'ouvrait derrière elle la fit sursauter et pousser une exclamation. Elle cacha à la hâte la plaquette derrière son dos tout en se tournant vers Ben.

Il se figea.

Elle avait été bête d'essayer de le duper : il avait des instincts de métamorphe qu'elle ne pouvait pas comprendre. Son ouïe et sa vue étaient dix fois meilleures que celles d'Ashley.

Son expression ne trahissait rien, mais si elle avait pu douter qu'il ait vu quoi que ce soit, l'ambiguïté s'envola lorsqu'il demanda :

— Qu'est-ce que c'est, Ash ?

Des larmes de honte lui montèrent aussitôt aux yeux, et elle tendit la main pour lui montrer la plaquette.

— Je suis désolée, dit-elle.

Il regarda la plaquette avec incrédulité.

— Qu'est-ce que c'est ? répéta-t-il.

Il allait l'obliger à le dire à voix haute. Elle n'arrivait pas à affronter son regard. Baissant les yeux sur la plaquette, elle répéta d'une voix éraillée :

— Je suis désolée, Ben. Je t'ai menti. Je... je n'étais pas sûre d'être prête à avoir des enfants.

Ben n'avait toujours pas bougé. Il était raide comme la mort.

— Pourquoi mentir ?

De nouvelles larmes coulèrent sur les joues d'Ashley.

— Je voulais juste...

Elle courba les épaules et reprit :

— La première fois que tu en as parlé, je ne pensais pas que tu voulais t'y mettre tout de suite, et après... je ne sais pas. J'ai été lâche, j'imagine. J'avais peur.

Il fit un pas, non vers elle, mais en arrière.

— Tu avais peur de moi ?

La voix de Ben était si basse, si dénuée d'émotion, tout comme son visage impassible, qu'elle en fut effrayée.

— Ben...

Elle s'interrompit. Qu'aurait-elle pu dire ? Elle n'avait aucune excuse, aucune explication pour cette tromperie qui avait duré trop longtemps pour qu'il lui accorde son pardon.

— Je suis désolée, chuchota-t-elle.

Il se détourna et s'éloigna tout en ôtant sa chemise. Ça voulait dire qu'il allait se métamorphoser. Debout sur le seuil de la salle de bains, elle le regarda enlever son pantalon dans le couloir et se transformer avec souplesse en un gros loup noir.

— Ben, lança-t-elle bêtement.

Il ne se retourna pas pour la regarder avant de passer par la trappe et de disparaître. La maison n'avait jamais semblé si vide.

Chapitre Deux

Ben était abasourdi. Il se rendit à grandes enjambées dans les contreforts de la montagne, l'esprit et le corps engourdis. Ils avaient fait exprès de louer une maison près de la nature pour qu'il puisse courir sous forme de loup dès qu'il le souhaitait, et à présent, il prenait de l'altitude. Il aurait voulu courir éternellement.

Ashley lui avait menti. Elle avait trahi sa confiance. Pire encore, elle l'avait fait par peur de lui dire la vérité. Cela lui avait fait l'effet d'un coup de poing dans le ventre. Quel genre de compagnon était-il, si sa femelle n'osait même pas lui parler des choses qui lui tenaient à cœur ?

Car il n'avait jamais vu Ashley faire preuve de lâcheté. Elle avait beau être humaine, elle avait tout d'une femelle alpha : assurée, futée, à l'aise en société. Elle pouvait mener n'importe qui par le bout du nez. Elle n'avait pas hésité à plaisanter avec lui en plein entretien d'embauche, malgré son trac. Et elle lui avait ouvert son cœur, même quand il l'avait tenue à l'écart. Alors en entendant qu'elle avait peur de lui, il concluait qu'elle n'avait ni oublié ni pardonné la manière dont il l'avait marquée. Qu'il n'y avait aucune confiance entre eux.

Des images de sa mère apeurée face à la colère de son père traversèrent son esprit. Il se mit à courir plus vite sur le terrain rocheux, le vent froid de février dans sa fourrure. Il avait toujours craint de devenir comme son père. On ne pouvait pas échapper à ses origines, apparemment.

La relation d'amour et de confiance que son frère avait eue avec sa femme et que Ben avait cru pouvoir imiter sans peine avec Ashley n'était pas faite pour les loups comme lui. La journée grise devint plus froide au fur et à mesure qu'il grimpait. Le temps et les distances s'effaçaient, et il atteignit l'orée de la forêt, où la neige couvrait toujours le sol. Des flocons tout frais se mirent à tomber.

Il s'arrêta et tourna sur lui-même pour humer l'air. Il repéra un wapiti, mais il n'était pas d'humeur à chasser. Il s'assit sur ses pattes arrière, leva le museau et hurla, une longue plainte chagrinée.

* * *

Seule une brosse à dents était en mesure de gratter la saleté entre les carreaux de la douche. Ashley se retroussa les manches et se remit en position, à quatre pattes dans la baignoire vide, pour frotter le mur. Elle s'était attaquée à la maison, qu'elle avait lavée du sol au plafond, comme si cela pouvait arranger les choses avec Ben. Il était bientôt dix-huit heures, et il n'était toujours pas rentré. Elle avait l'estomac noué.

Une fois son ménage terminé, elle fit griller trois steaks

et prépara une salade grecque ainsi que du quinoa aux herbes.

Il ne rentra toujours pas. Vingt heures trente. La nuit était tombée, et la neige arrivait. Ben n'était sûrement pas affecté par le froid. Mais tout de même, le fait qu'il ne rentre pas malgré la nuit et le temps prouvait bien qu'il était fâché.

Incapable de manger, Ashley plaça la nourriture sur des assiettes, qu'elle couvrit de film plastique et mit au frigo. Elle ne se sentait plus chez elle. Elle traversa la maison sur la pointe des pieds, comme si elle n'y avait pas sa place, et chaque craquement du parquet la fit sursauter. Elle enveloppa ses épaules dans un plaid, s'assit et alluma la télévision, passant d'une chaîne à l'autre. Elle tomba sur un vieux film de Clint Eastwood et le regarda jusqu'à ce que ses paupières deviennent lourdes.

Elle devrait peut-être aller se coucher. Mais reviendrait-il bientôt ? Ou était-il allé passer la nuit ailleurs ? Était-ce la fin de leur relation ? Des larmes lui brûlèrent les yeux, mais elle les ravala, se rendit dans leur chambre et tenta de dormir.

Elle se réveilla à deux heures du matin, la place à côté d'elle toujours vide. Un sentiment de peur lui emplit la poitrine alors qu'elle sortait du lit pour inspecter la maison. Elle s'arrêta dans le salon, où Ben était étendu sur le canapé. Il était nu, comme s'il venait de reprendre forme humaine. Les muscles sculptés de son torse et de ses bras puissants étaient exposés, le reste simplement couvert d'un plaid sur sa taille.

Ils ne dormaient pas ensemble ?

Elle s'efforça de respirer, mais elle en semblait incapable.

Cela signifiait-il que tout était fini entre eux ? Son nez la brûlait alors que les larmes lui serraient la gorge. Elle s'approcha du canapé et s'agenouilla devant le visage de Ben, les joues baignées de larmes.

Il ouvrit les yeux d'un air hébété et s'assit.

— Ashley, dit-il d'une voix rauque. Va te coucher.

— Je ne peux pas.

Elle se souvint qu'une fois, il lui avait dit que l'odeur de ses larmes le mettrait à genoux. Elle crut lire du chagrin dans ses yeux, mais dans le noir, difficile d'en être certaine.

— On peut parler ? demanda-t-elle d'une voix éraillée.

Il soupira.

— On discutera demain.

— Tu viens au lit ?

— Non, dit-il d'un ton accablé. Je ne crois pas.

Elle essuya ses larmes du dos de la main.

— Alors je reste ici.

— Non, répliqua-t-il d'un ton plus dur. Retourne te coucher. Maintenant.

Elle secoua la tête.

Avec un son irrité, il tendit les bras vers elle, et se glaça lorsqu'elle eut un mouvement de recul.

— Tu as peur de moi, dit-il d'un ton dénué d'émotion.

Elle ouvrit la bouche, puis la referma, car elle ne savait pas quoi répondre. Avait-elle eu peur ? Pas vraiment. Elle ne craignait pas réellement Ben, mais son côté dominateur avait un effet sur elle et déclenchait son instinct de survie, tout comme le voir sous forme de loup lui faisait toujours un choc.

— C'est pour ça que tu te sentais obligée de me mentir.

Elle secoua la tête.

— Je voulais juste... Au début, je cherchais seulement à ne pas te décevoir. Et après, j'ai eu du mal à tout avouer, parce que je savais que tu serais fâché, et que tu aurais raison de l'être.

— Tu croyais que je te forcerais à devenir mère ? Que tu n'aurais pas ton mot à dire ?

— Non... non. Mais tu avais l'air fou de joie. Et moi...

Il attendit qu'elle reprenne.

— Ma carrière décolle tout juste. J'adore bosser pour toi, et je ne suis pas encore prête à y renoncer.

— C'est cette discussion-là qu'on aurait dû avoir il y a cinq mois.

Elle baissa la tête et regarda le contour de ses mains dans le noir.

— Je sais.

— Je ne t'aurais pas mis la pression, dit-il avec une note d'amertume. Je croyais que tu en avais envie, toi aussi.

— J'en ai envie, protesta-t-elle. Mais pas immédiatement. On n'est même pas encore mariés.

Elle savait que l'institution du mariage n'avait pas la même importance chez les métamorphes que chez les humains, mais ils s'étaient mis d'accord pour prolonger leurs fiançailles afin qu'Ashley et sa famille aient le temps de se faire à la soudaineté de leur relation. Dans le monde de Ben, depuis qu'il l'avait marquée, elle lui appartenait, point. Elle l'acceptait, mais elle avait tout de même besoin de temps.

— Je vais arrêter la pilule. J'étais sur le point de jeter ma plaquette, quand tu m'as surprise.

Il eut un geste impatient.

— Tu n'es pas obligée de faire ça. Ce n'est pas important. Tu crois que les louveteaux comptent plus à mes yeux que ton bonheur ?

La honte la fit rougir, et ses yeux s'embuèrent à nouveau.

— Je suis désolée.

Il ne dit rien.

— Tu vas me punir ?

— Non.

— Pourquoi ?

— Va te coucher, Ashley, dit-il d'un ton las.

— Pas sans toi.

Il tendit de nouveau les bras vers elle, et cette fois, elle resta immobile, découvrant sans surprise qu'il était doux, malgré ses traits durs. Il la souleva et la porta jusque dans la chambre, où il tenta de la poser sur le lit. Mais elle s'agrippa à son cou et refusa de le lâcher.

Il grogna, et elle faillit céder, avant de prendre son courage à deux mains pour prouver qu'elle n'avait pas peur de lui. Il se laissa tomber avec elle sur le lit et la maintint en place pendant qu'il assénait plusieurs claques sur ses fesses couvertes d'un pyjama.

Elle les accueillit sans broncher, retenant son souffle. Une fessée apaiserait les tensions entre eux. Il lui avait donné une grosse fessée, une fois, et bien que douloureux, ce moment lui avait plu, les avait rapprochés.

Il ne poursuivit pas sa fessée, cependant, mais ne s'en alla pas non plus. Il s'allongea sur le dos à côté d'elle, les doigts croisés derrière la tête, le regard au plafond.

Elle s'en satisferait. Roulée en boule contre lui, elle blottit son visage contre le flanc de Ben et ferma les paupières, priant pour qu'il trouve dans son cœur la force de lui pardonner.

* * *

Ashley dégageait une forte anxiété. Sentir le stress de sa compagne faisait disjoncter ses sens, et pourtant, il n'arrivait pas à modifier ses propres émotions, qui semblaient au point mort. Il était redevenu celui qu'il était avant de la rencontrer, un « Homme de Pierre » impassible, qui virait les gens pour un oui ou pour un non et ne se déridait jamais.

Dans l'ascenseur, il la prit par la main pour essayer de l'apaiser un peu.

Elle leva ses grands yeux bleus vers lui, et son regard implorant lui serra le cœur. L'ascenseur s'arrêta et les portes s'ouvrirent pour accueillir d'autres employés. Ashley allait reprendre sa main, mais il s'y accrocha, la tirant légèrement derrière lui pour cacher leurs doigts entremêlés. Il ne la lâcha qu'une fois à leur étage, et ils se séparèrent sans un mot. Il n'avait jamais été très bavard, mais même lui trouvait ce silence étrange. Le gouffre entre eux semblait grandir un peu plus chaque seconde.

Il n'était pas en colère. Il se sentait trahi, bien sûr, et idiot d'avoir cru pendant des mois qu'ils tentaient de concevoir alors qu'elle prenait la pilule. Le manque de confiance entre eux le dévastait. Il n'était pas du genre à accorder sa confiance ou à aimer facilement, mais quand il avait pris Ashley pour compagne, il avait cru franchir une étape. À présent, il sentait presque ses barrières se dresser à nouveau d'elles-mêmes autour de son cœur.

Pire encore, il n'arrêtait pas de penser à la peur qu'il inspirait à Ashley. S'accoupler à une humaine n'était peut-être pas viable. Leurs différences de capacités physiques les sépareraient toujours. Les métamorphes étaient hiérarchisés. La domination était établie et maintenue physiquement. Entre eux, les mâles résolvaient leurs problèmes en se battant. Face à une femelle, en la fessant. Cela n'avait pas dérangé Ashley ; d'ailleurs, elle adorait qu'il fasse preuve d'autorité, mais au fond, elle devait craindre qu'il perde les pédales, comme quand il l'avait mordue, lui causant une blessure bien réelle.

Il ne la revit pas avant le déjeuner, quand elle frappa à sa porte et entra. D'habitude, sa présence et son sourire illuminaient ses journées. Aujourd'hui, elle semblait diminuée, presque timide, ce qui était en contradiction avec sa personnalité sociable. Il détestait la voir ainsi.

— Tu veux sortir déjeuner ? Ou, euh, tu préfères que j'aille te chercher quelque chose ?

Il n'avait pas envie de sortir déjeuner avec elle. Le simple fait de la voir lui faisait mal.

— Apporte-moi un sandwich, dit-il, même s'il n'avait pas voulu se montrer aussi brusque.

Elle baissa la tête et acquiesça, avant de partir sans un mot.

Merde. Pourquoi trouvait-il toujours le moyen d'empirer les choses ?

Elle lui apporta son sandwich, qu'il mangea seul à son bureau. Il se plongea dans des rapports financiers le reste de la journée, émergeant seulement à dix-huit heures, quand il ferma son bureau et trouva Ashley voûtée sur son fauteuil, le regard fixé sur son écran d'ordinateur.

— T'es prête ? lui demanda-t-il.

Elle sembla déçue, comme si elle avait espéré d'autres paroles de sa part. Mais qu'aurait-il pu dire ?

Ils se dirigèrent en silence vers l'ascenseur. Une fois à l'intérieur, il glissa un bras autour de ses épaules et l'étreignit. Elle se blottit contre lui, et il lui embrassa le sommet du crâne.

Elle leva les yeux.

— Ça va entre nous ?

— Oui, répondit-il, bien qu'ils sachent tous les deux que c'était un mensonge.

Une fois chez eux, elle se rendit dans la cuisine et commença à réchauffer le dîner qu'elle leur avait préparé la veille. Il ôta sa veste et sa cravate et déboutonna son col de chemise. Il sentait une odeur de steak émaner de la cuisine, ainsi que celle, salée, des larmes d'Ashley.

Rien ne calme un métamorphe comme le chagrin de sa compagne.

Bon sang. Il se rendit dans la cuisine, où il trouva Ashley face à la gazinière, les épaules courbées et les joues baignées de larmes.

— Hé, dit-il avec douceur en la faisant pivoter pour essuyer ses larmes. Ça suffit. Ça n'arrange rien.

— Qu'est-ce qui peut arranger les choses, alors ? demanda-t-elle avec le ton aigu du désespoir. Parce que je ne supporte plus de vivre avec cette distance entre nous. Pourquoi tu ne me cries pas dessus un bon coup ? Ou punis-moi ! Tu n'es pas censé être l'alpha, ici ?

Le visage chiffonné, furieux, elle le poussa, ce qui n'eut aucun effet.

— Arrête, dit-il d'une voix dure et autoritaire.

— Pourquoi ?

Elle lui donna un coup sur le torse du plat de la main.

Il avait beau savoir qu'elle le provoquait, il réagit d'instinct, comme le faisaient tous les loups dominants face à un défi. Il lui saisit les poignets et la retourna pour les coincer dans son dos. Il lui asséna une première tape sur les fesses avant d'avoir pu réfléchir.

Il s'arrêta et inhala profondément. Ce n'était pas ce qu'il voulait. Si elle avait peur de lui, lui donner une fessée n'arrangerait rien. Mais elle l'avait presque supplié de le faire. Elle en avait peut-être besoin, pour soulager sa culpabilité. En tout cas, elle ne se débattait pas, parfaitement immobile, tête baissée et visage caché par un rideau de cheveux épais.

Il la libéra et la fit tourner face au salon.

— Déshabille-toi et agenouille-toi au coin, là-bas, ordonna-t-il en désignant l'angle près du canapé.

Elle se mit aussitôt en mouvement, sans affronter son regard, la tête toujours baissée avec soumission.

Il resta où il était, tiraillé. Il était trop tard pour se raviser, bien sûr. Mais, et si la punir empirait les choses entre eux ? Il alla éteindre le four, laissant les steaks au chaud à l'intérieur. Quand il revint, Ashley s'était mise en position. Il en eut le souffle coupé : ses longs cheveux auburn qui lui tombaient dans le dos, la courbe de ses hanches et, bien sûr, ses fesses parfaites, posées sur ses talons hauts. Son sexe oublia sa réticence à l'idée de la punir et se pressa allégrement contre sa braguette.

Il alla s'asseoir dans le canapé.

— Viens, Ashley.

— Ouaf, lâcha-t-elle, à peine plus haut qu'un murmure.

Elle lui arracha un demi-sourire. C'était une blague entre eux depuis qu'il lui avait fait passer un entretien d'embauche et lui avait dit de s'asseoir. À l'époque, il n'avait pas ri, mais elle avait persévéré, tout comme elle avait persévéré même quand il avait rejeté son affection.

Elle se mit debout devant lui, le menton baissé, les mains dans le dos.

— Pourquoi je te punis ?

— Parce que...

Elle s'éclaircit la gorge.

— Parce que j'ai menti.

Il patienta.

— ... Monsieur, ajouta-t-elle.

Il ne dit rien et resta impassible.

Elle se mordilla la lèvre.

— J'aurais dû savoir que vous m'écouteriez et que vous prendriez en compte mes sentiments. Comme toujours.

Ces mots le soulagèrent.

— Ben ?

Il haussa un sourcil.

— Est-ce que tu m'obligeras à rester à la maison avec les enfants ?

Il la prit par la taille et l'assit sur ses genoux.

— T'obliger ? Tu trouves que c'est comme ça que les choses fonctionnent, ici ?

Elle se tordait les mains.

Il la prit par le menton pour tourner son visage vers lui.

— Je ne sais pas, répondit-elle. C'est juste que... ta belle-sœur...

— C'était ce que Shayla voulait. Elle ne s'est jamais intéressée à l'entreprise de Léon. C'est pour ça qu'il me l'a transmise. Shayla voulait se concentrer à plein temps à ses enfants.

Il sonda les yeux bleus d'Ashley.

— Tu croyais que c'était la tradition, chez les métamorphes ? C'est pour ça ?

Elle haussa les épaules.

— C'est en partie ce que je craignais. Mais il y a aussi le fait que je ne me sens pas prête, tout simplement.

Il hocha lentement la tête.

— Écoute, je sais que je me comportais comme un connard. Je dirigeais Stone Tech comme un dictateur, et ceux qui n'obéissaient pas prenaient la porte. Mais avec toi...

Il s'interrompit, la gorge serrée par l'émotion.

— Tu en attendais plus de moi, tu croyais que j'avais un cœur. Avec toi, je pensais avoir changé.

La lèvre inférieure d'Ashley se mit à trembler.

— Ne me transforme pas à nouveau en ce type-là. Tu crois vraiment que je te forcerais à faire quelque chose qui te rend malheureuse ?

Une larme roula sur la joue d'Ashley, et il l'essuya.

— Non, murmura-t-elle. Je suis désolée. Vraiment désolée.

* * *

Ben la souleva et l'allongea sur ses genoux, ses fesses nues parfaitement placées pour recevoir sa punition. Elle eut la chair de poule. Elle attrapa un coussin et le serra dans ses bras.

Les premières claques furent les plus douloureuses, et le choc plus grand qu'elle l'avait imaginé.

Elle réalisa qu'il s'était beaucoup contenu, les fois où il l'avait fessée pour rire, car à présent, chaque fois que sa main s'abattait sur sa chair, elle en avait le souffle coupé. Elle voulait rester immobile, mais se surprit à se tortiller, à tenter de lui échapper. Il glissa un bras autour de sa taille et la tira contre lui.

— Pas de coups de pieds, sinon je sors ma ceinture, l'avertit-il.

Elle croisa les chevilles et serra les cuisses pour éviter d'agiter les jambes. La menace de Ben la rassurait, finalement : elle signifiait qu'il n'avait pas prévu d'utiliser sa ceinture ensuite. Non que cela ait de l'importance, pour le moment, car sa main faisait déjà beaucoup de dégâts. Elle s'abattait vite et fort, d'abord sur une fesse, puis sur l'autre, puis entre les deux.

Elle pinça les lèvres pour ne pas crier tandis que la correction s'éternisait. Elle enfouit le visage dans les coussins du canapé, mordant le tissu.

— Aïe... pitié, se surprit-elle à implorer, malgré la

promesse qu'elle s'était faite d'encaisser la punition bien sagement.

Les claques impitoyables continuèrent de pleuvoir, aggravant la brûlure de sa peau.

— Ben... oh ! S'il te plaît, geignit-elle, le derrière en feu.

Il s'arrêta, la main posée sur sa chair endolorie.

— Pendant combien de mois tu m'as fait croire qu'on essayait de concevoir, Ashley ?

Elle grimaça, sa honte pire que la douleur.

— Cinq, bredouilla-t-elle dans les coussins.

— Combien ?

Elle tourna la tête pour lui répondre :

— Cinq mois, Monsieur.

Il se remit à la fesser, tout aussi vite et fort qu'avant.

Elle gémissait et se trémoussait, tentait de plaquer les mains sur ses fesses.

Il lui saisit un poignet et le coinça dans son dos.

— Tu sais bien que c'est interdit, ma petite, dit-il de son ton le plus sévère et désapprobateur.

Elle arrondit le dos sous ses coups cinglants.

— Je suis désolée, gémit-elle.

Heureusement, il s'interrompit une nouvelle fois.

— Cinq mois de duperie, ça justifie bien cinq fessées, tu ne crois pas ?

— Ce soir ? demanda-t-elle, soudain terrifiée.

Il rit.

— Pas ce soir.

— Quand ça ?

— Quand je le déciderai.

Il la remit sur ses pieds et posa les mains sur ses fesses brûlantes.

— Cette correction n'est pas terminée, annonça-t-il d'un

ton menaçant. Retourne au coin pendant que je vais cher-cher quelque chose dans la cuisine.

Elle obéit, tentant de se masser le derrière.

— Ne touche pas, gronda-t-il depuis la cuisine. Les mains sur la tête.

Avec un soupir, elle s'exécuta, avec l'impression d'être une vilaine fille déjà bien punie. Que comptait-il lui infliger de plus ?

Elle l'écouta fouiller dans la cuisine et regagner le salon. Le son de ses pas approcha derrière elle.

— Penche-toi en avant, les mains autour des chevilles, ordonna-t-il en la tirant en arrière pour lui laisser de la place.

Elle déglutit, la bouche sèche.

Il attendit qu'elle se mette en position, et elle se plia lentement en deux. Écarter les fesses amplifia le lancine-ment dans sa chair. Il pressa quelque chose de mouillé et froid contre son anus, et elle sursauta, tentant de serrer les muscles. Mais sa position l'offrait à Ben, et il poussa avec plus d'insistance, jusqu'à ce qu'elle se détende et se laisse pénétrer.

— Tu peux te redresser, dit-il en faisant remuer l'objet en elle.

Il la fit pivoter, et se servit de ce corps étranger pour la pousser vers l'avant, jusqu'à l'accoudoir du canapé.

— Penche-toi en avant, dit-il en collant son buste au rembourrage. C'est du gingembre. Tu vas le garder pendant toute ta fessée. Je vais m'assurer que ton cul te brûle de l'ex-térieur comme de l'intérieur.

Elle tenta de se redresser et de tordre le cou pour regar-der, mais Ben la maintint en place.

— Si tu es bien sage, je terminerai cette fessée avec ma main, dit-il. Alors ne mets pas les bras en arrière et ne donne pas de coups de pieds. Si tu es vilaine, je sortirai ma ceinture et je te fouetterai jusqu'à ce que tu cries. Compris ?

Le cœur battant, elle répondit dans un murmure :

— Oui Monsieur.

Malgré sa peur, son sexe se contracta.

Ben glissa la main dans ses cheveux et lui tira la tête en arrière.

— Tu aimes que je te punisse, gronda-t-il à son oreille, sans doute parce qu'il avait senti l'odeur de son excitation.

Ses tétons se dressèrent. La voix rauque de Ben trahissait son désir pour elle. Son loup était revenu de l'endroit glacé où il s'était retiré.

— Je n'aime pas ça, dit-elle, une semi-vérité.

Il lui tira de nouveau les cheveux.

— Mais si.

— Je n'aime pas te décevoir.

Ça, c'était une vérité pleine et entière.

Il referma doucement les dents sur son épaule, puis la lâcha. Un suçon.

Elle commençait à sentir la chaleur du gingembre, et elle gémit.

— Ça brûle.

Il lui lâcha les cheveux et la plaqua de nouveau à l'accoudoir.

— C'est fait pour. Je te donne une leçon, ma petite. Tu as le droit de me mentir ?

— Non Monsieur.

Elle haleta quand il se remit à la fesser, tout aussi fort qu'avant. Cette fois, sa peau était déjà endolorie, sans parler de son anus, qui la brûlait. Elle serra les muscles, ce qui aggrava la sensation.

Ben la fessa encore et encore, impitoyable, pendant qu'elle restait couchée, impuissante, un morceau de gingembre entre les fesses. Son sexe était gonflé entre ses jambes, échauffé tout comme le reste de son pelvis, les cuisses trempées par son excitation.

— Oh, ça brûle... ça brûle, gémit-elle.

Dès qu'elle bougeait ou se contractait, une nouvelle vague de douleur partait du bout de gingembre. Entre ça et la fessée interminable, elle n'y tenait plus.

— Ben, dit-elle d'une voix plaintive. Je suis désolée. Vraiment navrée. Je serai sage. Je ne mentirai plus jamais. Mais s'il te plaît, arrête de me fesser, arrête...

— Chut.

Il s'interrompit et glissa un doigt entre ses jambes, le long de sa fente mouillée.

— S'il te plaît, enlève le gingembre.

— Non. Je vais le laisser pendant que je te baise.

Elle contracta le sexe, impatiente d'accepter tout ce qu'il voudrait bien lui donner.

Son doigt avait trouvé son clitoris et faisait le tour de son bouton sensible.

Elle entendit sa braguette s'ouvrir, et elle écarta les jambes, le dos cambré.

Il enfonça davantage le gingembre, créant une nouvelle décharge brûlante, et asséna plusieurs claques à ses fesses.

— Je t'interdis de jouir, dit-il tout en l'étirant avec son membre.

— Quoi ? demanda-t-elle, déroutée.

— Tu m'as bien entendu, ma petite. Tu as été vilaine, et tu es punie. J'estime que ce soir, tu ne mérites pas de jouir.

Elle n'en croyait pas ses oreilles. Ne pas jouir serait impossible. Elle avait déjà failli avoir un orgasme quand il lui avait dit qu'il allait la baiser. Et pourtant, lui désobéir ce soir semblait inenvisageable.

— Ben, gémit-elle. S'il te plaît... j'ai besoin de jouir.

Il allait et venait en elle, et chacun de ses coups de reins enfonçait également le gingembre. La brûlure était insupportable, et son excitation était si forte qu'elle risquait d'exploser.

— Non, dit-il.

Il la saisit par la taille et se mit à aller plus vite, plus fort.

Elle se rendit, s'offrit à lui, tenta d'oublier sa douleur et son envie désespérée de jouir.

* * *

Ben s'enfouit profondément en Ashley et éjacula. Il l'étreignit et souleva son buste, l'embrassant dans le cou. Il avait été idiot. Ashley avait eu raison, comme d'habitude. Les fessées arrangeaient tout, en effet. Ou en tout cas, cela les avait rapprochés. Ils allaient pouvoir affronter les difficultés en couple, plutôt que chacun de leur côté.

Il prit ses seins en mains et passa les pouces sur ses tétons.

Elle poussa un gémissement langoureux.

Il se retira et ôta le gingembre.

— Ne t'habille pas, susurra-t-il à son oreille. Je veux que tu serves le dîner comme tu es.

Elle se retourna dans ses bras, les mains sur son torse, et elle le regarda timidement.

Il se pencha pour l'embrasser, revendiquant sa bouche avec une grande autorité, glissant sa langue entre ses lèvres pour lui démontrer avec ce geste ce qu'il avait du mal à exprimer.

Quand ils se séparèrent, il vit qu'Ashley était soulagée.

Elle avait compris qu'elle était pardonnée, et que tout s'était arrangé entre eux. Il recula pour la laisser passer.

— Vas-y, dit-il en donnant une claque sur ses fesses rougies.

Il monta le chauffage pour qu'elle n'ait pas froid en tenue d'Ève, et il s'assit dans la cuisine pour l'admirer, son membre oubliant déjà qu'il venait de jouir.

Ashley passa les paumes sur ses fesses gonflées, tentant de chasser la douleur. Il espérait ne pas l'avoir frappée au point qu'elle garde des marques. Il avait beau s'être montré réticent, au début, quand il avait commencé à la fesser, ses émotions étaient devenues plus claires. L'acceptation d'Ashley face à son mécontentement avait soulagé sa contrariété, le laissant admiratif face à sa soumission magnifique.

À présent, alors qu'elle mettait de la salade dans leurs assiettes et sortait les steaks et le quinoa du four, elle avait les yeux brillants d'un désir non assouvi, le visage toujours rose. Elle lui jetait des regards par en dessous qui envoyaient à Ben des décharges de désir.

— C'est prêt, murmura-t-elle en se tournant vers lui.

Avec un petit sourire, il se leva et se dirigea jusqu'à la table.

— *Gracias, mi amor.*

Elle posa les assiettes devant leurs places, mais avant qu'elle puisse s'installer, il la prit par la taille et l'assit sur ses genoux. Elle grimaça légèrement lorsque la chair endolorie de ses fesses frotta contre le pantalon de Ben, mais elle se pelotonna contre lui.

— Ce soir, tu manges ici.

— D'accord, dit-elle d'un air content.

Il saisit son couteau et lui coupa un morceau de steak, qui avait un peu séché après avoir été réchauffé.

— Je suis désolée, dit-elle. C'était meilleur hier.

Il piqua le morceau avec sa fourchette et le porta à ses lèvres pulpeuses.

— Mais non, c'est très bien, la rassura-t-il. Et c'était ma faute, donc ne t'excuse pas.

Elle mâcha, les cheveux tombant en partie sur son visage. Il les chassa pour la regarder manger.

— Je veux avoir tes bébés, déclara-t-elle après avoir avalé.

Il ravala un sourire.

— Dommage. Tu as raté ta chance.

Elle l'observa avec ses yeux bleu océan.

— J'ai jeté ma plaquette de pilules.

Il reprit son sérieux, la poitrine de nouveau lourde à l'évocation de ce conflit qui n'aurait jamais dû voir le jour.

— Ash... chérie. Je ne te demande pas de me donner des louveteaux. Je croyais que tu en voulais tout de suite et je me suis emballé. T'imaginer enceinte de moi m'excitait. Mais je peux attendre ; je ne voulais pas te mettre la pression.

— Je sais, dit-elle, touchant ses lèvres du bout de l'index. Mais j'ai réalisé que tu... que notre famille était plus importante que ma carrière.

Il s'empara de ses doigts et les embrassa.

— Tu vas continuer de prendre la pilule, dit-il d'un ton ferme qui indiquait que sa décision était implacable. On en reparlera dans un an. Compris ?

Les yeux embués, elle hocha la tête.

— Oui Monsieur.

— Gentille fille.

Il lui fourra un autre morceau de steak dans la bouche.

Il continua de la nourrir tout en caressant sa peau douce et en admirant ses seins parfaits qui bougeaient juste sous son nez.

Quand ils eurent terminé, il aida Ashley à débarrasser, puis il la souleva et la porta jusqu'à leur lit, où il l'allongea sur le ventre. Elle avait toujours les fesses rouges, et entre ses cuisses, son sexe était trempé. Il lui caressa le derrière, massant la chair endolorie.

— Mmm, l'encouragea-t-elle.

Il rampa sur son corps tout en déboutonnant sa chemise.

— Le souci, avec les vilaines filles comme toi, c'est que vous aimez beaucoup trop les fessées, dit-il en la prenant par les cheveux pour lui mordre l'épaule. Je suis obligé de me montrer très sévère pour me faire respecter. Pas vrai ?

Elle gémit, ne sachant sans doute pas comment répondre à pareille question.

Il se débarrassa de sa chemise et de son débardeur, avant de déboutonner et d'enlever son pantalon.

— Je t'autorise à me satisfaire, maintenant, dit-il en s'allongeant sur le dos à côté d'elle.

Ashley approcha à quatre pattes, avec une détermination qui le mit au garde-à-vous avant même qu'elle le touche. Elle s'humecta les lèvres, puis baissa la tête et lécha son frein.

Il frissonna de plaisir et leva les hanches pour en redemander.

Elle lui adressa un sourire énigmatique, les paupières mi-closes sur un regard de séductrice, puis elle ouvrit la bouche et avala son gland.

Il enfouit les doigts dans ses cheveux épais et soyeux pendant qu'elle allait et venait sur son membre. Elle le suçait avec force, faisant tourner sa langue et le rendant fou de désir.

— Ramène ton cul par ici, ordonna-t-il d'une voix étranglée.

Elle se tourna sur le côté, lui offrant ses fesses meurtries tout en continuant ses coups de langue aguicheurs et experts.

Il abattit la main sur son derrière, et, projetée vers l'avant, elle prit son sexe dans sa gorge.

— Je vais te dire une chose, ma petite. Tu me suces tellement bien que je te laisserai peut-être jouir. Mais je ne toucherai pas à ta jolie petite chatte. Je me contenterai de te fesser jusqu'à ce que tu aies le cul tout rouge. Tu arriveras à jouir rien qu'avec une fessée ?

Elle émit un son sur son érection, et la vibration lui envoya une décharge de plaisir jusque dans les orteils.

Il lui donna une autre claque sur les fesses.

— Ça voulait dire oui ?

Elle interrompit ses va-et-vient.

— Oui Monsieur.

Une autre tape, plus forte, cette fois.

— Je t'ai autorisée à arrêter ?

— Non Monsieur.

Elle le reprit en bouche.

Il la fessa lentement, avec détermination. Pas trop fort, mais sans douceur non plus. Il visait le milieu de ses fesses, juste au-dessus de son sexe. Vu l'enthousiasme qu'elle mettait à sucer son membre palpitant, il savait qu'elle était proche de l'orgasme. Il abattit de nouveau la main sur elle tandis qu'elle fredonnait et le suçait dans des mouvements frénétiques. La voir se laisser aller le poussa à lâcher prise. Ses bourses se contractèrent.

— Je vais jouir, l'avertit-il.

Mais elle continua. Il la fessait toujours, avec plus de force, à présent, en se demandant si cela suffirait vraiment à Ashley. Elle agitait les hanches, ondulait, folle d'envie d'être pénétrée, mais il s'interdit de la toucher, sauf pour la fesser. Il éjacula, et elle s'interrompit, accueillant sa semence dans sa bouche, la main serrée sur la base de son érection.

Elle se redressa et avala tout en le regardant avec de grands yeux.

Il s'assit et la coucha sur ses jambes pour reprendre sa fessée. Elle écarta les cuisses, les fesses levées pour aller à la rencontre de sa paume.

Les doigts crispés sur la couverture, elle se cambra, les dents sorties comme une petite tigresse.

— Seules les vilaines filles jouissent d'une simple fessée.

Elle poussa un cri, serra les jambes et frotta son bassin à ses genoux, les pointes de pieds tendues derrière elle.

Avec un petit rire, il pétrit ses fesses et les secoua.

— Je te reconnais bien là, murmura-t-il. Je savais que tu en étais capable.

Elle leva la tête, qu'elle avait posée sur ses bras, d'un air épuisé.

— Ça compte comme l'une de mes fessées ?

Il renversa la tête en arrière et éclata de rire.

— Oui. Mais ne t'attends pas à ce qu'elles soient toutes aussi agréables.

Chapitre Trois

Le téléphone du bureau d'Ashley sonna, l'appareil indiquant qu'il s'agissait de Ben.

— Allô ? répondit-elle le souffle court.

— Mlle Bell, je veux vous voir dans mon bureau immédiatement.

Un frisson d'excitation la traversa.

— Oui M. Stone.

Elle raccrocha. Elle adorait qu'il joue les patrons stricts avec elle.

Elle passa devant sa secrétaire, à qui elle adressa un signe de tête, puis entra dans son bureau.

— Fermez la porte, et verrouillez-la.

Comme toujours, il restait impassible.

Elle tourna le verrou, son excitation mêlée d'inquiétude. Allait-il la fesser ici ? Prendrait-il le risque que Karen et les autres les entendent ?

Comme pour répondre à sa question muette, il se leva et indiqua son bureau.

— Penchez-vous.

Elle hésita assez longtemps pour être confrontée à un haussement de sourcil, qui la décida à obéir. Même quand ils jouaient, elle ne voulait pas s'attirer la désapprobation de Ben. Pas après ce qui s'était passé entre eux.

Elle s'approcha du bureau et se pencha dessus, les mains sur la surface en noisetier.

Il alla se placer derrière elle et lui effleura les cuisses, envoyant un courant électrique dans tout le corps d'Ashley. Il saisit le bas de sa jupe et la fit lentement remonter jusqu'à sa taille.

Il l'avait déjà fessée dans son bureau, mais il lui avait laissé sa culotte pour étouffer le bruit. Cette fois, cependant, il la descendit jusqu'à mi-cuisses.

Le ventre d'Ashley frémit.

— Tu as déjà entendu parler des boucles à fessée, Ashley ?

— Non...

Elle s'éclaircit la gorge.

— Non Monsieur.

Il fit glisser un accessoire sur le bureau, juste sous ses yeux. Celui-ci était doté d'une poignée en bois enveloppée dans du cuir et de trois boucles de corde noire.

Elle frissonna.

— Il paraît que c'est l'instrument le plus silencieux. Bien sûr, toi, tu risques de ne pas garder le silence long-temps, quand je l'abattrai sur ta peau nue. Là sera la difficulté.

Elle s'efforça de respirer.

— Embrasse-le et remercie-moi pour ta fessée.

Elle posa les lèvres sur le manche, percevant l'odeur de cuir neuf quand elle l'embrassa.

— Merci pour cette fessée, Monsieur.

Ben reprit l'instrument et plaça une main dans le creux de son dos.

Elle attendit, les fesses frémissantes, dans l'attente du premier coup.

Ce fut bien pire qu'elle l'avait anticipé. Les boucles mordirent sa peau, piquant comme un millier de guêpes.

Elle pressa ses hanches contre le bureau comme pour fuir la douleur et elle pinça les lèvres pour étouffer un cri, gorge serrée. Il lui fallut trois longues secondes avant de retrouver sa capacité à respirer, tant son corps semblait transpercé par des aiguilles brûlantes.

Il abattit de nouveau l'instrument et elle se projeta en avant, tentée de ramper sur le bureau pour descendre de l'autre côté. Il frappa deux fois de plus, puis elle se plaqua les mains sur les fesses, certaine d'avoir atteint ses limites.

— Mlle Bell, veuillez enlever ces mains tout de suite.

— Pitié, chuchota-t-elle. Pitié, Monsieur.

— Cette fessée prendra seulement fin quand je l'aurai décidé. J'ajouterai trois coups pour chaque seconde que vous mettrez à...

Elle ôta aussitôt ses mains.

— Merci.

Il lui asséna un autre coup cinglant.

Les lèvres serrées, elle poussa une plainte.

Un autre coup terrible. Puis un autre.

— Oh, s'il vous plaît, l'implora-t-elle sans la moindre trace de dignité tandis que des larmes perlaient sur ses cils.

Ben releva sa culotte, qui frotta douloureusement contre sa peau bien qu'elle soit en satin. Il baissa sa jupe et la fit pivoter. Il avait toujours son masque sévère au visage, mais il la prit dans ses bras, embrassa ses cheveux et frictionna son dos.

— Aïe, gémit-elle, ce qui était l'euphémisme du siècle.

Ben posa une main sur sa nuque avec sa possessivité habituelle. Son corps musclé dégageait une grande puissance, même déguisé par ce costume. Elle huma son odeur masculine, tentant d'apaiser les tremblements de son corps. Elle se sentait pleinement punie par Ben ; c'était un sentiment délicieux, en réalité, maintenant qu'elle savait qu'il lui avait pardonné.

Les jambes d'Ashley flageolaient, mais Ben la maintenait d'un bras d'airain autour de sa taille. Il frotta le nez à son oreille, puis à son cou.

— Je déteste la boucle à fessées, geignit-elle contre sa veste.

Il lui leva la tête pour la regarder, les yeux plissés d'amusement.

— Moi, je l'ai trouvée très efficace. Elle restera dans mon bureau, au cas où tu aurais besoin d'une correction immédiate.

Elle mouilla sa culotte.

— Elle pourrait être égarée, dit-elle. Tu sais, par le personnel de ménage, par exemple.

Il plaça l'index sous son menton et haussa un sourcil sévère.

— Elle n'a pas intérêt à disparaître, sinon tu ne pourras plus t'asseoir pendant une semaine, c'est compris ?

Elle sentit son sexe se contracter.

— Tu es méchant, murmura-t-elle, levant les lèvres pour être embrassée par son loup alpha qui savait si bien la prendre en mains.

* * *

Allongé sur le lit, Ben regardait Ashley sortir toute nue de la salle de bains. Un grognement monta dans sa gorge à la simple vue de ses seins, qui rebondissaient à chacun de ses pas. Quand elle se pencha pour fouiller dans son tiroir à sous-vêtements, lui offrant une vue plongeante sur son derrière rebondi et son sexe qui se dévoilait entre ses jambes, une chaleur lui picota la peau.

— Viens là, dit-il en s'asseyant, la voix plus grave que d'habitude.

Elle se redressa et se tourna pour le regarder par-dessus son épaule. Elle se cacha aussitôt les fesses avec les mains, et il rit.

— Les marques d'hier ont disparu. La toile est de nouveau vierge, dit-il.

Elle sembla méfiante.

— Tu n'as pas apporté cet accessoire abominable à la maison, si ?

Il sourit.

— Non. Mais j'en ai acheté d'autres en même temps que la boucle.

Elle frémit, mais ses pieds la portèrent jusqu'au lit.

— Toi et moi, on sait très bien que tu n'as besoin de rien d'autre que ta main, dit-elle en faisant la moue. Avec ta force de métamorphe et tout ça.

— Oui, mais ce serait bien ennuyeux. Cinq fessées, toutes avec ma main ? Non. Il faut que je pimente les choses.

Il se tapa les genoux, et elle s'y allongea sagement, faisant ressurgir le loup en lui avec l'odeur de son excitation. Malgré ses menaces, il se servit uniquement de sa paume, avec une intensité raisonnable. Il regarda sa peau laiteuse devenir rose, puis rouge. Quand la marque commença à rester, il s'arrêta et massa sa chair.

Elle se tortillait sur ses genoux dans une invitation évidente. Il ouvrit le tiroir de la table de chevet, où il avait rangé ses nouveaux jouets, et en sortit un flacon de lubrifiant. Il lui écarta les fesses, versa quelques gouttes sur son anus et rit en la voyant contracter les muscles et tenter de se dérober.

— Je crois que le moment est venu de préparer ton cul pour ma queue, dit-il d'un ton nonchalant.

Il la prit par les hanches et la remit en place, lui soulevant le bassin dans un angle parfait. Il lui asséna une dizaine de tapes supplémentaires pour faire bonne mesure.

— Nooon, gémit-elle. Ta queue est beaucoup trop grosse. Elle ne passera pas.

— Premièrement, ma petite, tu accepteras ma queue où que je choisisse de la mettre. Deuxièmement, tu es punie, alors ton plaisir me fait une belle jambe, et troisièmement, j'ai ici quelque chose pour préparer le passage.

Il colla le bout arrondi d'un plug anal à son entrée serrée.

— Ouvre-toi, Ashley.

Elle continua de se contracter face à son intrusion.

Changeant de main, il lui donna plusieurs claques derrière les cuisses.

— Aïe, s'écria-t-elle. Aïe, d'accord ! Désolée.

Il attendit que ses fesses se desserrent, puis que son anneau de muscles se détende et accepte l'accessoire en acier. Il le pressa, pénétrant lentement Ashley pour qu'elle ait le temps de se faire à sa circonférence.

— Oooh, oh, gémit-elle. Oh... oooh.

Sa voix était devenue plus aiguë sur la fin.

— Ce plug restera là jusqu'à ce que je l'enlève, c'est compris ?

Elle regarda par-dessus son épaule.

— Tu veux dire que je dois le porter au boulot ? s'enquit-elle avec incrédulité.

Il lui donna une petite tape.

— Oui. Maintenant, habille-toi.

Rougissante, elle descendit de ses genoux, le plug avec sa poignée décorée d'un joyau très joli entre ses fesses. Quand elle retourna à son tiroir à sous-vêtements, elle avait la démarche un peu raide et touchait parfois le plug anal.

Satisfait, Ben sortit du lit et alla prendre une douche.

Ils se rendirent au travail dans un silence confortable, bien qu'il voie parfois le visage d'Ashley rougir, comme si elle se souvenait soudain de ce qu'elle avait entre les fesses.

Il n'était dans son bureau que depuis une heure quand elle frappa à sa porte et entra.

— Je sais qu'il s'agit d'une punition, mais...

Elle plissa le front, anxieuse.

Il lui fit signe d'approcher.

— Viens là.

Elle verrouilla la porte.

Il se tapota les genoux.

Après un regard alentour, bien que les stores soient baissés, elle s'allongea sur ses genoux en s'humectant les lèvres.

Il lui caressa les fesses à travers sa jupe, la faisant attendre dans cette position humiliante. Enfin, il souleva sa jupe et baissa sa culotte. Il saisit le plug et le fit aller et venir plusieurs fois, arrachant un gémissement à Ashley.

— Voilà ce que je ferai ce soir, avec ma queue. Après ta dernière fessée.

Elle gémit de plus belle.

Il ôta l'accessoire et l'enveloppa dans un mouchoir. Puis il releva sa culotte et l'aida à se mettre debout.

— Dehors, dit-il du ton brusque qui lui avait valu son surnom d'Homme de Pierre au sein de l'entreprise.

Elle en fut déconcertée, comme il l'avait espéré, et elle lissa sa jupe avant de vaciller jusqu'à la porte.

Il jeta un coup d'œil à sa montre.

— On quittera le travail en avance, aujourd'hui. À seize heures. Tiens-toi prête.

Elle baissa la tête pour dissimuler son sourire.

— Oui Monsieur.

* * *

À l'heure dite, Ashley se rendit au bureau de Ben et frappa à la porte.

Il leva la tête de ses dossiers.

— Prête ?

— Oui Monsieur.

Il ferma son ordinateur portable et le rangea dans l'attaché-case dans lequel elle avait placé la bombe qui aurait pu le tuer. Elle frémit en songeant à ce qui aurait pu se passer s'il n'avait pas flairé le complot contre lui.

Ils prirent l'ascenseur jusqu'au parking, et Ben l'accompagna jusqu'au côté passager, mais au lieu de lui ouvrir sa portière, il la plaqua à la carrosserie de sa Mustang, son érection conséquente pressée contre le bas de son dos.

— Ma petite, je vais te dévorer, lui gronda-t-il à l'oreille.

— Je n'ai pas peur du grand méchant loup, murmura-t-elle en se cambrant contre lui.

— Si tu ne fais pas gaffe, tu vas te faire baiser ici même, sur le parking. C'est ce que tu veux ?

Le souffle coupé, elle fut incapable de répondre, la vérité trop enchevêtrée et déroutante pour qu'elle y comprenne quoi que ce soit. Oui, bien sûr qu'elle avait envie qu'il la baise là, tout de suite, et la peur d'être surpris rendrait la scène encore plus chaude. Mais non... pas question. Elle ne pourrait pas assumer d'être prise en flagrant délit.

— Non Monsieur, s'efforça-t-elle de répondre.

Il recula et ouvrit la portière. Quand elle s'assit, il lui adressa un sourire en coin.

Une fois à destination, il lui ordonna d'attendre avant de sortir de la voiture. Il en fit le tour, ouvrit la portière passager et la tira dehors, avant de la jeter sur son épaule d'un geste souple.

— Argh, grogna-t-elle. Qu'est-ce que tu fais ?

Il donna une claque à ses fesses levées et la porta dans la maison.

— Tu te souviens de la première fessée que je t'ai donnée ? s'enquit-il.

Il la posa dans la chambre, où une corde avait mystérieusement fait son apparition sur le lit. Elle y jeta un regard tout en se demandant ce qu'il mijotait.

— Oui.

— Oui Monsieur, corrigea-t-il.

— Oui Monsieur.

Il enroula la corde autour de ses poignets pour les attacher ensemble, puis il les souleva au-dessus de sa tête, avant de fixer le tout au sommet de la porte de la salle de bains. Elle comprenait mieux, à présent. Le soir où elle avait placé la bombe dans son attaché-case avant de découvrir que Ben était un loup-garou, il l'avait emmenée dans un motel et l'avait attachée ainsi, puis lui avait enlevé sa jupe et l'avait fouettée avec une ceinture.

Il était désormais debout derrière elle, et il glissa les mains sous son chemisier pour saisir ses seins. Ses doigts trouvèrent ses tétons, qu'il pinça et fit tourner, trouvant l'équilibre parfait entre le plaisir et la douleur pour faire perdre la tête à Ashley.

Avoir les bras levés au-dessus de la tête rendait sa poitrine encore plus vulnérable, et elle se tortilla pour tenter de se protéger.

Il ouvrit la fermeture éclair de sa jupe et la laissa tomber à ses pieds. Sa culotte subit le même sort, puis il déboutonna son chemisier, toujours debout derrière elle. Être déshabillée comme une enfant avait quelque chose d'intime et de sensuel.

Elle entendit la ceinture de Ben fendre l'air lorsqu'il la fit glisser hors de ses passants, et les bras d'Ashley se couvrirent de chair de poule.

— Écarte les jambes.

Elle avait beau être presque sur la pointe des pieds, elle parvint à obéir.

— Si tu bouges, ma ceinture frappera ta hanche ou ta cuisse, et ça risque de ne pas te plaire. Tu resteras immobile pendant ta fessée, Ashley ?

— Oui Monsieur, murmura-t-elle.

— Gentille fille.

Il enroula la boucle de sa ceinture autour de son poing, puis il la fouetta, pile au milieu des fesses.

Elle poussa un cri aigu, et ses pieds quittèrent le sol, son corps valsa sur le côté, seulement suspendu par la corde attachée à la porte.

— Ne t'avais-je pas dit de rester immobile ?

— Pardon, haleta-t-elle.

Elle tendit les pointes de pieds pour retrouver maladroitement sa position de départ.

Il mania de nouveau sa ceinture.

Une autre ligne brûlante s'abattit sur ses fesses. Cette fois, elle s'interdit de sauter sur le côté, mais tout juste. Elle prit une inspiration tremblante et retint son souffle.

Un autre coup, puis encore un autre. Chacun d'eux semblait pire que le précédent, et les premiers s'étaient mis à la brûler et à lui faire mal avec un temps de retard.

Il la fouetta derrière les cuisses, et elle protesta d'un cri, mais réussit par miracle à ne pas bouger. Encore un coup, puis un autre, jusqu'à ce que ses fesses tout entières la brûlent et qu'elle pousse de petits halètements.

— Encore trois, annonça Ben.

Elle s'attendait à ce qu'il y aille plus doucement, mais ces coups furent les plus douloureux, trois lignes de feu qui l'obligèrent à se mordre les lèvres, les yeux embués.

Il laissa tomber sa ceinture et la souleva par la taille pour la détacher de la porte. Quand il la reposa et la fit pivoter, elle lui sauta dessus, passant les jambes autour de sa taille et glissant ses poignets liés derrière sa nuque.

Il la porta sur le lit et l'allongea, avant de s'extraire de sa prise de lutte.

— Ta punition est presque terminée, dit-il tout en ôtant la corde de ses poignets.

Il la retourna et la tira vers le bord du lit, de manière à ce que seul son buste soit couché.

— Dorénavant, dès que je devrai te punir pour une faute grave, tu te feras sodomiser ensuite.

Elle frémit, mi-excitée, mi-terrifiée. La taille du sexe de Ben aurait rendu cette punition effrayante même si elle avait déjà pratiqué le sexe anal.

Il alla chercher le flacon de lubrifiant dans la table de chevet.

— Mets les mains en arrière et écarte les fesses.

Elle serra les paupières, humiliée par ces instructions. Son corps semblait aimer être dégradé, cependant, et elle se mit à mouiller tout en obéissant. Le lubrifiant la fit sursauter, froid contre son anus frémissant.

Ben ouvrit sa braguette et laissa tomber son pantalon sur le sol. Il ne portait jamais de boxer ou de slip, car cela le gênait s'il voulait se transformer rapidement.

Son membre était dressé dans toute sa gloire, tourné avec avidité vers le derrière d'Ashley.

Elle se tourna face au lit et ferma les poings sur les draps.

Le membre de Ben se pressa contre son entrée la plus intime et s'y maintint, sans forcer, mais avec insistance.

Elle prit une grande inspiration, puis souffla pour essayer de se détendre.

Il en profita pour pousser plus fort, et la pénétra.

Cet anneau de feu la fit haleter tandis qu'elle s'étirait pour l'accueillir.

Il s'enfonça centimètre par centimètre.

Elle croyait qu'il ne pourrait pas aller plus loin, et pourtant, il continuait de s'enfoncer, l'emplissant de son membre énorme jusqu'à ce qu'enfin, elle sente son bassin contre ses fesses.

— Gentille fille, dit-il d'un ton velouté, et elle se détendit, satisfaite qu'il la complimente.

Il fit un va-et-vient, la sensation trop intense pour qu'Ashley y prenne plaisir. Néanmoins, son sexe pulsait d'excitation, impatient d'être touché.

Comme s'il devinait ce qu'elle voulait, Ben glissa une

main sous son ventre et glissa deux doigts dans sa fente gonflée.

Elle gémit et se colla à ses doigts.

Il établit un rythme lent, la pénétrant par-derrière pendant que ses doigts trouvaient son clitoris.

C'était beaucoup trop ; trop de plaisir, trop d'intensité, trop de peur d'avoir mal. Pourtant, la douleur avait disparu.

— Ben, dit-elle dans une plainte.

— Tu t'en sors très bien, *amorcita*. Tu es prête à jouir ?

— Oui... oui, pitié. Oui Monsieur, répondit-elle incohérente.

Il caressa son clitoris avec plus d'entrain tout en accélérant ses coups de reins, l'emplissant, la plongeant dans le plaisir dans un cri d'extase. Pourtant, elle réalisa qu'elle n'arrivait pas à jouir, ou du moins pas comme d'habitude, car quand ses muscles se contractaient, son anus se crispait sur le membre de Ben, réveillant sa douleur.

Elle choisit plutôt de se détendre, de s'en remettre aux va-et-vient de Ben, qui finit par s'enfoncer profondément dans une exclamation de plaisir. Elle se sentait envahie par la béatitude qui suivait généralement ses orgasmes, ce qui lui indiquait qu'elle avait peut-être vraiment joui, en fin de compte.

Ben se retira et la porta jusqu'à la douche, où il laissa l'eau les laver tous les deux.

Le dos collé à son torse, les paupières closes, le visage mouillé, elle demanda :

— Je suis pardonnée ?

Elle connaissait déjà la réponse, mais elle voulait l'entendre.

Ben glissa les bras autour de son cou et lui pencha la tête en arrière pour lui mordiller l'oreille.

— Ne t'avise plus jamais de me mentir, grogna-t-il, lui causant un frisson le long de l'échine.

— Plus jamais. C'est promis.

— Je t'aime, dit-il. Quoi qu'il arrive. Ne l'oublie pas.

Les larmes brûlèrent les yeux d'Ashley.

— Qu'est-ce que j'ai fait pour être aussi chanceuse ?

Il lui embrassa l'oreille et murmura :

— Non. C'est moi le chanceux.

Fin

La Promesse de l'Alpha

Quand un Alpha fait une promesse, il n'a qu'une parole.

Lorsque Cody promet à l'Alpha de Denver de sauver sa belle-sœur du danger, il ne s'attend pas à ce que cette dernière mette sa vie sens dessus dessous. Il se demande comment il va survivre, avec son odeur délicieuse sous son toit. Avec son corps voluptueux qui lui est plus nécessaire que l'oxygène.

Mais cette agente immobilière sexy est trop guindée et sophistiquée pour son côté brut de décoffrage, trop ingrate pour accepter son aide, et trop déterminée à s'attirer de nouveaux ennuis.

Elle a bien besoin de goûter à la discipline façon loup-garou...

à venir

Livre gratuit de Renee Rose

Abonnez-vous à la newsletter de Renee

Abonnez-vous à la newsletter de Renee pour recevoir livre gratuit, des scènes bonus gratuites et pour être averti·e de ses nouvelles parutions !

Ouvrages de Renee Rose parus en français

www.reneeroseromance.com/francaise/

Le Ranch des Loups
Brut
Fauve
Féral
Sauvage
Féroce
Impitoyable

Deux Marques
Indomptée (libre)
Temptée
Désirée
Séduite

Alpha Bad Boys
La Tentation de l'Alpha
Le Danger de l'Alpha
Le Trophée de l'Alpha

Le Défi de l'Alpha

L'Obsession de l'Alpha

L'Amour dans l'ascenseur (Histoire bonus de La Tentation de l'Alpha)

Le Désir de l'Alpha

La Guerre de l'Alpha

La Mission de l'Alpha

Le Fleau de l'Alpha

Le Secret de l'Alpha

La Proie de l'Alpha

Le Sang de l'Alpha

Le Soleil de l'Alpha

La Lune de l'Alpha

La Serment de l'Alpha

La Vengeance de l'Alpha

Le Feu de l'Alpha

Le Secours de l'Alpha

Les Loups-Garous de Wall Street

Grand Méchant Patron: Minuit

Grand Méchant Patron: Folie Lunaire

Grand Méchant Patron: Marquée

Grand Méchant Patron : Accouplés

Les Dominateurs Alpha

La Faim de l'Alpha

La Punition de l'Alpha

La Promesse de l'Alpha

La Protection de l'Alpha

Les Nuits de Vegas

Roi de carreau

Atout cœur

Alpha des montagnes

Le héros

Rebel

Le Guerrier

Série Chicago Sin

Nid de Péché

Ancré dans le Péché

Maîtres Zandiens

Son Esclave Humaine

Sa Prisonnière Humaine

Le Dressage de Son Humaine

Sa Rebelle Humaine

Sa Vassale Humaine

Son Compagnon et Maître

Animal de Compagnie Zandien

Sa Possession Humaine

Les Épouses Zandiennes

La Nuit des Zandiens

Achetée par les Zandiens

Dominée par les Zandiens

Les Lumières de Zandia

Détenue par le Zandian

Revendiquée par le Zandian

Enlevée par le Zandian

Sauvée par le Zandian

À propos de Renee Rose

RENEE ROSE, AUTEURE DE BEST-SELLERS D'APRÈS USA TODAY, adore les héros alpha dominants qui ne mâchent pas leurs mots ! Elle a vendu plus d'un million d'exemplaires de romans d'amour torrides, plus ou moins coquins (surtout plus). Ses livres ont figuré dans les catégories « Happily Ever After » et « Popsugar » de USA Today. Nommée *Meilleur nouvel auteur érotique* par Eroticon USA en 2013, elle a aussi remporté le prix d'*Auteur favori de science-fiction et d'anthologie* de Spunky and Sassy, et celui de *Meilleur roman historique* de The Romance Reviews. Elle a fait partie de la liste des meilleures ventes de USA Today sept fois avec plusieurs anthologies.

Abonnez-vous à la newsletter de Renee pour recevoir des scènes bonus gratuites et pour être avertie de ses nouvelles parutions!
https://www.subscribepage.com/reneerosefr